海倫清桃

坦然做自己

True
Helen

社會很複雜 我清楚

人心很深奧 我也明白

每個人都會在某些時候，留下一個讓未來的自己難堪的錯誤

即使是無心之過

也會讓原本的美麗純真罩上陰影

也許 只有我真的清楚

那些原本屬於我的天真

不曾片刻離開

坦然做自己

和我一起

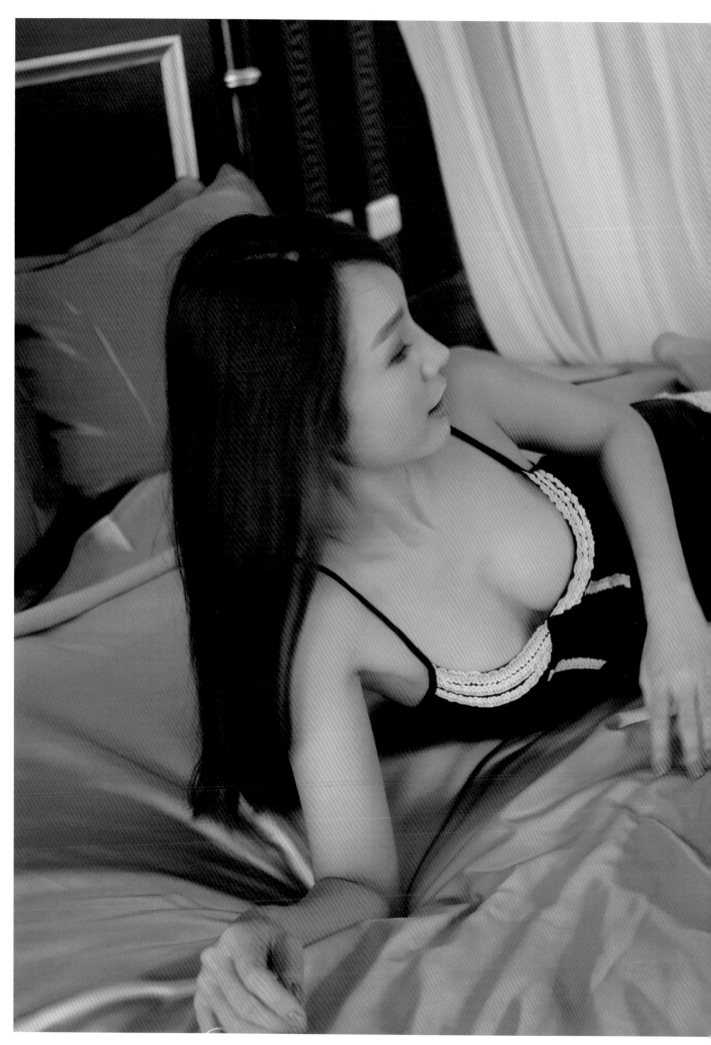

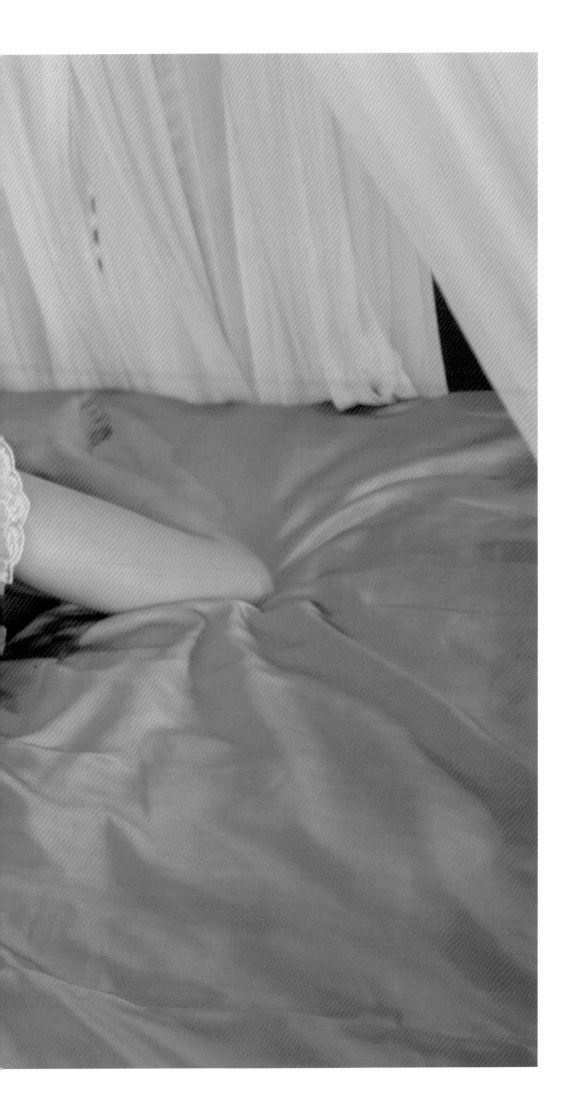

從小就夢想有一輛車

帶我離開現實的生活，向美麗的未來境界奔馳

身體自由了

心靈抒放了

束縛被速度超越

長大才知道，那自由原來是短暫的

真正的自由在自己心裡

既美 也真實

因為愛 所以陪伴
因為愛 擁抱責任
因為愛 患難與共
因為愛 完全信任
因為愛 我們同在

這是純潔的白絲綢

是潔白原始的美麗與高雅

穿過半透明的薄紗

不想遮掩

無需躲藏

坦白

自在

是你

出走 需要勇氣
出走 開始屬於自己的夢想
我就是勇敢的公主
只要心中有愛，就可以超越一切障礙
不需等愛
我就是 愛

海倫清桃：坦然做自己

作　　　者　海倫清桃
專案主編　吳適意
出版經紀　徐錦淳、林榮威、吳適意、林孟侃、陳逸儒、蔡晴如
設計創意　張禮南、何佳諠
經銷推廣　李莉吟、莊博亞、劉育姍、李如玉
營運管理　張輝潭、林金郎、曾千熏、黃姿虹、黃麗穎
發 行 人　張輝潭
出版發行　白象文化事業有限公司
　　　　　402台中市南區美村路二段392號
　　　　　出版、購書專線：（04）2265-2939
　　　　　傳真：（04）2265-1171
印　　　刷　基盛印刷工場
初版一刷　2017年6月
ISBN 978-986-358-508-4
定　　　價　800元

白象文化　印書小舖　出版・經銷・宣傳・設計
www.ElephantWhite.com.tw　f 自費出版的領導者　購書 白象文化生活館